Philippe Girard

Gustave et le sosie du capitaine Planète

Illustrations
de Philippe Girard

la courte échelle

Les éditions de la courte échelle inc.
5243, boul. Saint-Laurent
Montréal (Québec) H2T 1S4

Directrice de collection:
Annie Langlois

Révision:
Sophie Sainte-Marie

Conception graphique:
Elastik

Mise en pages:
Mardigrafe inc.

Dépôt légal, 2e trimestre 2004
Bibliothèque nationale du Québec

Copyright © 2004 Les éditions de la courte échelle inc.

La courte échelle reconnaît l'aide financière du gouvernement du Canada par l'entremise du Programme d'aide au développement de l'industrie de l'édition pour ses activités d'édition. La courte échelle est aussi inscrite au programme de subvention globale du Conseil des Arts du Canada et reçoit l'appui du gouvernement du Québec par l'intermédiaire de la SODEC.

La courte échelle bénéficie également du Programme de crédit d'impôt pour l'édition de livres — Gestion SODEC — du gouvernement du Québec.

Données de catalogage avant publication (Canada)

Girard, Philippe

    Gustave et le sosie du capitaine Planète

    (Mon roman; MR9)

    ISBN 2-89021-707-8

    I. Girard, Philippe. II. Titre. III. Collection.

PS8563.I721G878 2004   jC843'.54   C2003-942244-5
PS9563.I721G878 2004

Philippe Girard

Philippe Girard a étudié en communication graphique à l'Université Laval. Aujourd'hui, il travaille à la télévision de Radio-Canada, comme designer responsable du Service de l'infographie et réalisateur pour le Service des communications. C'est le soir qu'il s'amuse à créer ses bandes dessinées et ses romans. Quand il ne dessine pas, il s'occupe de sa petite fille. Il fait de la planche à neige en hiver et pêche à la mouche l'été. Il collectionne aussi les figurines d'extraterrestres et les soucoupes volantes. *Gustave et le sosie du capitaine Planète* est le deuxième roman qu'il publie à la courte échelle.

Du même auteur, à la courte échelle

Collection Mon Roman

Série Gustave :
Gustave et le capitaine Planète

Philippe Girard

Gustave et le sosie du capitaine Planète

**Illustrations
de Philippe Girard**

la courte échelle

Pour Henri Lacourcière,
Esther Boyer et Eugène Langevin.

Chapitre 1

Le concours

Pour souligner la fin de l'année, Andréanne, l'institutrice, a proposé une soirée cinéma à ses élèves. La suggestion a suscité un réel enthousiasme au sein du groupe. Gustave est très excité. Il va enfin pouvoir assister à la projection du long-métrage *Le sosie du capitaine Planète*, mettant en vedette Bryce Wallace, la grande star américaine.

Afin de pimenter l'activité, Andréanne a convenu que les élèves se déguiseraient pour la sortie.

Pour Gustave, le choix est indiscutable : il personnifiera le capitaine Planète. Par contre, Alexandre, son éternel rival, veut lui aussi prendre les traits du justicier intergalactique. Malheur !

— Deux capitaines Planète ! Impossible, il y aura un imposteur. Et, foi de Gustave, ce ne sera pas moi !

Histoire de régler ce différend et de déterminer qui aura le privilège d'incarner le héros, Andréanne a suggéré aux deux garçons de se mesurer lors d'une joute littéraire :

— Écrivez un texte d'une ou deux pages en vous inspirant des aventures du capitaine Planète. Après lecture devant la classe, on votera à main levée pour désigner le vainqueur.

— Une formalité, a lancé Gustave qui se voyait déjà aux premières loges en compagnie de Béatrice, sa meilleure amie.

Les compositions doivent être remises sans faute le lendemain matin. Stressé par ce court délai, l'écrivain en herbe n'arrive pas à créer le chef-d'œuvre promis. Des dizaines de boulettes de papier débordent de la corbeille. Un échec total !

— Je dois trouver un concept génial, murmure Gustave. C'est une question d'honneur !

Le garçon tâte son poignet. Combien d'heures a-t-il passées assis à la table ? Il ne sait plus. Depuis qu'il a perdu sa montre, la notion du temps lui échappe.

À l'idée qu'Alexandre puisse remporter l'épreuve, il bondit de son siège. Même s'il doit y consacrer la nuit entière, il gagnera ce satané concours.

Coûte que coûte.

Reste à savoir comment.

— Capitaine Planète, éclaire-moi, implore Gustave, les bras dressés vers le ciel.

En vain.

Résigné, le garçon jette un œil sur les quelques lignes qu'il a réussi à écrire de peine et de misère :

Le capitaine Planète regarde les yeux de M. Thonk en pleine face. Le méchant extraterrestre joue au plus fin quand il dit que la Terre a été détruite par un astéroïde géant. C'est évident que ce n'est pas vrai. Tout le monde sait que les bandits sont des menteurs. Le capitaine pense à la devise qu'il a répétée dix mille fois dans ses livres : « Celui qui détient de grands pouvoirs a aussi de grands devoirs » et s'écrie :

Bloqué, Gustave dépose son crayon sur la table de la salle à manger et se dirige vers la cuisine en quête d'un verre de lait.

— Cette introduction ne mène nulle part, bougonne le garçon en ouvrant la porte du réfrigérateur.

Son verre à la main, il revient vers la table, chiffonne sa feuille de papier et la lance par-dessus son épaule en soupirant.

Écrire une aventure du capitaine Planète s'avère une tâche difficile.

— Tout ça à cause d'Alexandre, maugrée Gustave. Il m'embêtera jusqu'à la fin des temps, celui-là !

En quête d'inspiration, il décide de téléphoner à Béatrice, sa meilleure amie. Elle aura peut-être une idée lumineuse à lui proposer. De plus, le simple son de sa voix est déjà un rayon de soleil. Quoi de mieux qu'un peu de clarté lorsqu'on est dans la pénombre ?

Occupé.

Tant pis. Il ne lui reste plus qu'à trouver un nouveau plan pour éveiller sa créativité. Peut-être qu'un morceau de gâteau aux noisettes l'aiderait ? Son père vient d'en cuisiner un des plus appétissants. Une bonne dose de sucre stimulerait son imagination à coup sûr !

— Miam ! Rien que d'y penser, j'en ai le ventre qui gargouille, murmure Gustave en salivant.

Mais, après une seconde d'hésitation, il se ravise : il doit se concentrer sur son texte. La moindre distraction pourrait lui coûter la première place du concours !

En dernier recours, Gustave se rabat sur le livre qu'il a emprunté à la bibliothèque ce matin. Une pause méritée pour son cerveau surchauffé par le travail intellectuel. Le titre de l'ouvrage, évocateur à souhait, a séduit le garçon : *Ciao, capitaine Planète !*

La
machination

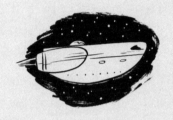

À des années-lumière d'Alpha du Centaure, dans cette zone dangereuse de la Galaxie où sont réfugiés les pires bandits, un étrange vaisseau navigue entre deux dimensions. À son bord se tient une réunion suspecte et fort animée. Plusieurs chasseurs de primes et autres méchants sont rassemblés pour participer à un horrible complot. Le maître des lieux, caché sous un lourd manteau noir, commence son discours :

— Chers amis, merci d'être si nombreux à avoir accepté mon invitation. Je sais que vous avez pris des risques énormes en venant ici. Vous ne le regretterez pas.

L'auditoire manifeste son approbation par des hochements de tête.

— J'ai consulté la base de données secrètes du Grand Ordinateur central avant de vous convier à cette rencontre.

Je vous affirme qu'en dépit de nos origines différentes nous avons un point en commun : le désir de vengeance.

Un grognement de plaisir traverse l'assistance.

— Comme vous, j'ai des comptes à régler avec le capitaine Planète. Il a réussi trop souvent à freiner mes projets. Frères, l'humiliation a assez duré ! Cette fois, j'ai décidé de rayer son nom de la liste des vivants. Pour y arriver, j'ai mis au point un plan génial.

Les voyous s'agitent, impatients d'en savoir plus. L'idée d'éliminer le capitaine Planète stimule leur hargne.

Dans un grincement, une porte s'ouvre à droite de la tribune. Du fond des ténèbres apparaît la silhouette familière du capitaine Planète. Les affreux réagissent en reculant et en jurant dans toutes les langues :

— C'est un piège ! Fuyons !

— Du calme, ordonne l'homme en noir. Celui que vous voyez ici n'est pas le vrai capitaine Planète. Il s'agit d'un clone. J'ai reconstitué l'ADN de notre ennemi en prélevant une goutte de son sang lorsqu'il était mon prisonnier sur Ubix-17. Les savants de mon organisation ont reprogrammé son cerveau pour qu'il m'obéisse au doigt et à l'œil.

Le mystérieux orateur balaie l'assistance du regard :

— Si vous acceptez de collaborer avec moi, nous viendrons à bout d'Auguste Vinicius Planète et du Parlement des planètes unies. Nous leur porterons un coup fatal.

Des applaudissements et des cris de guerre s'élèvent en signe de contentement.

Une voix perce le brouhaha général :

— Tu ne nous as pas révélé qui tu étais et pourquoi tu te caches sous cet habit. Montre-nous ton visage !

— C'est vrai, lancent à l'unisson des échos lointains.

Un tentacule gluant émerge alors du lourd manteau et dévoile les traits du mystérieux maître de cérémonie. Les truands découvrent une tête de pieuvre aux yeux exorbités qui les fixent en silence : M. Thonk !

Chapitre 2

L'éclair de génie

Après mûre réflexion, Gustave décide qu'un dessert l'aidera à se concentrer. Toujours à la recherche de l'inspiration pour son texte, il quitte son livre et va ouvrir le tiroir où est rangée la pelle à tarte. La cloche à gâteau, sur le comptoir, attire son attention.

C'est un modèle en verre transparent que son père a reçu en cadeau pour Noël. Gustave l'observe d'un œil distrait.

À travers la vitre bleutée, la pâtisserie a des airs de navette spatiale. Et la cloche, vue sous cet angle, ressemble à une station-service intersidérale. À moins que ce ne soit une façade ?

Ou un piège ?

Oui ! Une embuscade destinée à dérober l'argent des voyageurs ! Gustave saisit le stratagème : un commis qui inspire confiance, deux ou trois pirates derrière la caisse, un superordinateur et hop ! le tour est joué ! On n'y verrait que du feu.

— Ça c'est une intrigue originale !

Gustave recule de quelques pas, le sourire aux lèvres. Il élabore la suite de l'histoire :

Le long des corridors aériens qui traversent la Voie lactée, de petites haltes routières permettent aux touristes de faire le plein de carburant. L'une d'elles sert de repaire à des voleurs de grand chemin.

Un pompiste sympathique offre aux clients un service complet qui leur permet de demeurer à bord de leur véhicule. Pendant que le réservoir se remplit, l'employé nettoie le pare-brise et vérifie l'huile. Une fois les opérations terminées, les voyageurs remettent leur carte au commis qui entre dans le garage pour régler la facture.

Derrière les portes closes, deux experts en informatique déchiffrent le code confidentiel qui donne accès à leur compte bancaire. Les victimes ne se doutent pas que leurs économies sont transférées dans une réserve cachée !

— Une véritable combine de Ruthans, se réjouit Gustave.

Le garçon imagine les astronefs tombant dans ce guet-apens l'un après l'autre. Cette entreprise deviendrait très rentable et elle permettrait à M. Thonk, le voyou suprême du cosmos, d'accumuler des fonds sans laisser de traces.

Ces satanés Ruthans sont imbattables pour inventer les pires filouteries.

Par bonheur, un homme droit veille sur la Galaxie : Auguste Vinicius Planète !

Habitué aux manigances de ses adversaires, il aura vite compris leur manège ! En une fraction de seconde, les pièces du casse-tête s'emboîteront dans l'esprit du justicier. Du bonbon pour le cerveau ultra-rapide du plus grand héros de l'histoire spatiale !

On ne berne pas le capitaine Planète !

Soudain, Gustave écarquille les yeux et cesse de bouger. La lumière vient d'illuminer son esprit.

— Eurêka ! s'exclame-t-il en regagnant sa chaise au pas de course. Voilà le filon que je cherchais pour écrire mon récit! Vite! Il n'y a plus une seconde à perdre si je veux le terminer dans les délais!

Emporté par une marée de mots, le garçon empoigne son crayon et se précipite vers la table de la salle à manger pour noircir les pages de son cahier.

— À moi la première place du concours littéraire!

Le
traquenard

— Capitaine Planète, ici la station spatiale Tiros. Me recevez-vous ?

Le capitaine est assis au poste de commandement du Sirius, son vaisseau. Entouré de son fidèle compagnon Jim Brasdebrique et de sa fiancée Zara, il fixe le vieil homme qui apparaît sur l'écran de retransmission :

— Cinq sur cinq, amiral Delacroix.

La moustache blanche de l'officier s'agite :

— Des navires inconnus se dirigent vers la zone 10 de notre système solaire. Ils refusent de donner leur identité. D'après nos radars, ils sont escortés par une flotte de petits appareils. Puisque vous êtes dans les environs, foncez à leur rencontre et essayez d'établir un contact. Si vous vous heurtez à la moindre résistance, rebroussez chemin et revenez vers Tiros.

— À vos ordres.

La voix de l'amiral devient plus paternelle :

— Un dernier conseil : évitez de courir des risques inutiles, Auguste. Ne tentez aucune manœuvre héroïque sans nous en avertir. Le Parlement des planètes unies a besoin de vous vivant.

Le capitaine esquisse un sourire. Signe d'une amitié qui s'est développée au fil des années, les deux officiers s'adressent parfois la parole en utilisant leurs prénoms. Un privilège qu'envient de nombreux collègues.

— Soyez sans crainte, Arthur.

Un silence met un terme à la communication. Le capitaine se tourne vers Jim. Celui-ci change de cap.

Le vaisseau Sirius fonce dans le vide interstellaire. Sous l'effet de la poussée extraordinaire de l'engin, les étoiles dessinent de longs traits lumineux dans les hublots de l'appareil.

— J'ai détecté la cible sur mes écrans, lance Zara au capitaine. Nous y serons dans moins de cinq minutes.

— Parfait.

Les trois compagnons sentent les puissants réacteurs propulser l'astronef vers sa nouvelle destination.

— Il y a anguille sous roche, capitaine. Quelque chose me laisse croire que nous nous jetons droit dans la gueule du loup, grommelle Jim Brasdebrique sans quitter ses cadrans des yeux.

— Les ordres sont les ordres, Jim. Nous devons obéir. Cela dit, restons sur nos gardes.

Il vaut mieux, c'est vrai, ne négliger aucune éventualité quand il est question de la sécurité des Planètes unies.

Le voyage se déroule sans anicroche lorsqu'un bruit sourd perce le silence cosmique. Une forte déflagration secoue l'appareil et une odeur de roussi monte aux narines de l'équipage.

— Capitaine ! Le vaisseau perd de la vitesse. Pourtant, les machines fonctionnent à la puissance maximale. Nous sommes retenus par une main invisible !

Jim tente à nouveau d'accélérer. Sans résultat.

— Peine perdue, nous sommes bloqués.

Chapitre 3

Le voleur mystérieux

Le lendemain matin, son texte sous le bras, Gustave franchit le seuil de la classe à huit heures vingt-neuf minutes et cinquante-neuf secondes. En même temps que la cloche ! Pas facile de savoir l'heure lorsqu'on n'a plus de montre.

Cerné, fripé, les cheveux ébouriffés, il a peu dormi. Béatrice cache mal son étonnement devant l'allure négligée de son ami. Un véritable épouvantail !

À l'insu de ses parents, le garçon a travaillé son texte jusqu'au petit matin, réécrivant les phrases sans se lasser. Tel un marathonien, il s'est écroulé au fil d'arrivée, après avoir inscrit le mot « FIN » au bas de la dernière ligne. En se levant, sa mère l'a trouvé assoupi sur la table de la salle à manger, du gâteau aux noisettes plein les cheveux. Sa composition en était couverte de haut en bas.

En attendant l'heure de la confrontation, Gustave dépose le précieux travail sur la tablette sous son pupitre. Une chaleur suffocante écrase la classe.

Alexandre, à l'autre bout de la salle, le dévisage béatement. Gustave s'en moque. Plein d'assurance, il sait que l'affaire est dans le sac. Garanti.

Andréanne ramène l'attention vers elle en frappant dans ses mains.

— Puisque cette journée sera la dernière de l'année, nous avons prévu une activité spéciale cet avant-midi : vous êtes invités à participer à un match de baseball élèves-instituteurs dans la cour de récréation.

Béatrice profite du brouhaha pour questionner son ami :

— Qu'est-ce qui t'est arrivé ? Tu as couché dehors ou quoi ?

Gustave lui répond discrètement :

— J'ai travaillé à ma rédaction la nuit entière.

Béatrice esquisse un sourire complice et entraîne son ami dehors en rigolant. Gustave ne finira jamais de la surprendre. Quel phénomène !

Le reste de la matinée est consacré à la partie de baseball. Fidèle à sa réputation de championne, Béatrice frappe un coup sûr, brisant une égalité de quatre manches. L'équipe des élèves l'emporte cinq à quatre. Enfin, vers treize heures, les écoliers reprennent le chemin des classes.

— Voici le moment que vous attendiez, lance Andréanne. Nous passons à la lecture des textes. Alexandre et Gustave, êtes-vous prêts à affronter le verdict de la classe ?

Les deux garçons acquiescent.

Le hasard a désigné Alexandre comme premier lecteur. Il se lève et déplie une feuille qu'il gardait dans son sac. Seul le bruissement du vent dans les arbres, que l'on entend par les fenêtres grandes ouvertes, brise le silence.

— J'ai choisi d'exprimer mon admiration pour le capitaine Planète par un poème :

Capitaine Auguste Planète,
dans ton astronef d'argent,
tu files au-dessus de nos têtes,
pour combattre les brigands.
J'aimerais m'envoler moi aussi,
à bord de Sirius, ta fusée,
et parcourir les galaxies,
sans jamais m'arrêter.
M. Thonk et les Ruthans,
ces voyous mal léchés,
ils perdent leur temps,
tu finiras par les coffrer.
Toi et tes amis fidèles,
vous formez une équipe du tonnerre.

On vous doit une fière chandelle,
nous autres sur la Terre.

Les applaudissements et les siffle-ments admiratifs explosent aux quatre coins de la classe.

— Bravo, Alexandre, je te félicite. Tu as travaillé très fort. Gustave, c'est maintenant à ton tour.

Gustave se penche pour prendre sa copie. Sa main tâte la tablette à l'endroit où il a déposé son texte quelques heures plus tôt… Sans résultat. Un peu inquiet, le garçon cherche du regard les pré-cieuses pages et découvre, stupéfait, qu'elles n'y sont plus.

C'est la panique ; Gustave ne sait pas comment réagir. Andréanne l'interpelle :

— Alors, Gustave, vas-tu enfin te décider à nous lire ton chef-d'œuvre ?

Gustave, déconfit, bredouille une réponse :

— Il… Il a disparu…

L'institutrice ferme les yeux, inspire profondément puis, dans un signe de résignation, s'exclame :

— Puisqu'il en est ainsi, je déclare Alexandre vainqueur par défaut !

La
souricière

L'aéronef ne bouge plus. Jim a coupé les moteurs et Zara évalue les dommages subis par Sirius.

Pendant que ses amis effectuent les manœuvres d'urgence, le capitaine Planète demeure silencieux et attend la suite des événements. Véritable homme d'action, il sait aussi être un homme de réflexion quand cela s'impose.

Dans les haut-parleurs de l'habitacle résonne un rire méchant que les trois

amis connaissent fort bien. L'écran de retransmission s'allume alors et devant les
yeux du petit équipage se profile la tête
affreuse de M. Thonk.

— Ainsi, nous nous retrouvons, capitaine Planète. Quel bonheur de vous
tenir dans mes filets. Un champ magnétique invisible vous empêche de re-
prendre les commandes de votre astronef. D'ici quelques heures, vos réserves

d'énergie s'épuiseront et vous mourrez dans cette prison, par manque d'oxygène.

— Monstre ! hurle Jim en serrant les poings.

— Et ne comptez pas sur vos amis pour envoyer des secours. Dans les mailles de mon filet magnétique, vous êtes impossibles à localiser.

Le capitaine ne bronche pas.

— Ce n'est pas tout. Si vous consultez vos appareils de navigation, vous remarquerez qu'une fusée identique à la vôtre se dirige actuellement vers la Terre, avec à son bord votre sosie, capitaine.

Zara confirme en hochant la tête : sur son radar, un point lumineux se dirige à bonne vitesse vers le système solaire. Thonk poursuit :

— Il annoncera à l'amiral Delacroix que les vaisseaux qu'il a repérés plus tôt ne présentent aucune menace pour les

Planètes unies. Inutile de préciser que, lorsque l'amirauté aura abaissé sa défense, mes compagnons et moi attaquerons. Et vous, capitaine, deviendrez un traître aux yeux de ceux qui vous admirent tant.

L'équipage ne laisse pas transparaître son désarroi. Zara réplique :

— Vous ne vous en tirerez pas si facilement, Thonk ! L'amiral Delacroix ne tombera pas dans votre embuscade.

— Ah ! ah ! ah ! C'est ce qu'on verra. D'ici là, profitez du spectacle. Vous êtes aux premières loges !

L'image grimaçante de l'extraterrestre disparaît de l'écran pour faire place au silence cosmique.

Les trois amis échangent des regards, à l'affût d'une étincelle d'espoir. Cette fois-ci, il n'y aura pas de sortie de secours pour les héros.

La bataille semble perdue d'avance. Jim brise le silence:

— Si j'avais su que mon absence se prolongerait, j'aurais laissé plus de croquettes à mon chat…

Chapitre 4

La bagarre

Gustave réalise à peine ce qui vient de se produire ; trente-six chandelles tournoient au-dessus de sa tête. Tel un boxeur qui se relève d'un knock-out, il recouvre peu à peu ses esprits : Alexandre a gagné le concours littéraire par défaut, sans la moindre opposition.

Avec cette victoire lui revient l'honneur de se déguiser en capitaine Planète pour la projection de ce soir. Une catastrophe !

Gustave peste en silence contre ce triomphe douteux.

Les autres élèves ne cachent pas leur stupéfaction devant l'abstention de Gustave. Ce matin, ils l'ont vu entrer en classe avec son précieux document.

— Pourquoi a-t-il déclaré forfait ? s'interrogent-ils.

Vingt-neuf paires d'yeux observent le perdant qui broie du noir dans son coin.

— À l'évidence, quelqu'un s'est emparé de ma rédaction ce midi pendant que la classe était sans surveillance, tranche Gustave. Je suis victime d'un complot ! Inutile de chercher le coupable très longtemps. Une seule personne avait avantage à ce que mon texte se volatilise : Alexandre !

Gustave dévisage son rival en grognant :

— La Galaxie est trop petite pour nous deux, mon gaillard. L'un d'entre nous doit partir.

Derrière son pupitre, Alexandre balbutie quelques mots :

— Gustave, ce n'est pas moi qui ai volé ton texte.

Trop tard, Gustave voit rouge :

— Tu croyais t'en tirer sans que personne découvre ton plan, n'est-ce pas ? C'est le contraire qui s'est produit ! Toute la classe sait que tu as volé ma copie pour gagner !

Cette fois, Alexandre n'a pas le temps de réagir. Gustave bondit de sa chaise et plonge sur lui. Les coups de poing volent à travers les cris et le brouhaha des tables qui se renversent.

— Menteur ! Tricheur ! hurle Gustave en distribuant les coups.

— Mauvais perdant ! lui répond Alexandre qui se défend du mieux qu'il peut.

Andréanne intervient aussitôt pour séparer les deux élèves.

— Vous n'avez pas honte de vous bagarrer le dernier jour de l'année ? J'ai presque envie de vous coller une retenue la semaine prochaine ! Ouste ! Au bureau de M. Painchaud.

Alexandre et Gustave quittent la classe en fixant le sol, les dents et les poings serrés. L'antre du directeur est à quelques pas de la classe. L'homme les accueille par une plaisanterie de son cru :

— Tiens, tiens, encore TOI, Gustave ! Tu viens prendre un A-BON-NE-MENT pour l'été ou QUOI ? Je croyais qu'on avait RÉ-GLÉ nos comptes et que je ne te reverrais pas A-VANT le mois de septembre.

M. Painchaud savoure sa blague alors que les deux garçons soupirent d'ennui. Avec son habit rose et sa cravate bleu poudre, le directeur porte bien son surnom de « Crème glacée napolitaine ». Alexandre et Gustave sourient et échangent des regards complices en remarquant la tenue du directeur. Le visage de ce dernier s'empourpre :

— Puisque vous vous entendez si bien tous les deux, vous me nettoierez la classe au GRAND complet à la fin de la journée. Ça vous enlèvera l'envie de vous MO-QUER et de vous CHA-MAIL-LER, laisse tomber M. Painchaud, cynique.

Gustave et Alexandre ravalent leurs ricanements et tournent les talons sans discuter.

La
feinte

À bord de son vaisseau, le faux capitaine Planète fonce à vive allure en direction de la Terre. Animé de mauvaises intentions, il livrera un message empoisonné aux leaders du Parlement des planètes unies. Le rêve de vengeance des plus abominables vilains de l'histoire spatiale se concrétisera alors.

La paix intergalactique ne tient plus qu'à un fil.

En chemin, le faux capitaine reçoit un signal lui indiquant qu'une demande de communication a été émise à son endroit. Obéissant au plan qu'il a répété plusieurs fois, il allume ses écouteurs afin de recevoir la transmission. Le visage de l'amiral Delacroix apparaît sur un petit moniteur.

— Quel est votre constat, Auguste ?

L'imposteur répond sans hésiter :

— Rien d'anormal, amiral. Le contingent de vaisseaux que vous aviez repéré n'est pas hostile. Ce ne sont que des marchands qui souhaitent s'arrêter dans notre secteur, le temps d'effectuer quelques réparations. Je me suis entretenu avec leur chef et je peux vous assurer que leurs intentions sont honnêtes. Soyez sans crainte.

L'officier écoute sans sourciller.

— Fort bien, Auguste. Je transmets votre rapport au Parlement dès maintenant. Rentrez à la base aussi vite que possible et rapportez-vous à vos supérieurs.

L'espion conclut en prononçant la formule qu'on lui a apprise :

— À vos ordres, amiral.

Satisfait, Delacroix quitte les ondes et son image disparaît de l'écran.

La proie a mordu à l'hameçon ! Le faux capitaine Planète jubile. La première phase de sa mission est accomplie. Sur un petit ordinateur, il informe M. Thonk et ses complices par une formule établie à l'avance :

— Le loup est dans la bergerie. Le berger est endormi. Rassemblez la meute pour le dîner.

Cachés à des années-lumière de là, les brigands sont réunis en conseil de guerre. Ils suivent le déroulement du programme, étape par étape, par l'entremise d'une console numérique ultra-perfectionnée. À la réception du message, ils frappent dans leurs mains et hurlent les ordres :

— C'est le signal ! À vos postes ! La phase deux du plan est désormais enclenchée ! Préparez-vous pour l'attaque !

De son côté, M. Thonk ne peut plus contenir son excitation. Il lève ses tentacules vers le ciel et interpelle ses compagnons :

— La victoire approche, mes amis !

Les vilains associés et leur chef mettent en place les derniers détails de l'assaut final. Ils savourent une vengeance qu'ils attendaient depuis très longtemps.

Le combat à venir promet d'être rude.

Chapitre 5

La clé du mystère

En prenant soin de s'éviter, Gustave et Alexandre s'activent en silence. Ils balaient le plancher de la classe désertée pour l'été, retournent les chaises et ramassent les objets oubliés qui jonchent le sol. Des éclats de rire résonnent jusqu'à leurs oreilles. Un peu plus loin dans l'école, les instituteurs célèbrent la fin de l'année.

Alexandre, qui tourne en rond depuis quelques minutes, dépose son sac à ordures et s'adresse à son compagnon :

— Gustave, laisse-moi parler un instant.

Gustave, qui s'attend à des aveux, lève les yeux :

— Allez, crache le morceau, qu'on en finisse.

— Ce n'est pas ce que tu crois, enchaîne Alexandre. Je n'ai pas volé ton texte, parole d'honneur.

— Qui alors ? demande Gustave, sceptique.

Les deux garçons se dévisagent sans bouger. Malgré sa méfiance, Gustave a l'intuition qu'Alexandre ne ment pas.

— Je ne sais pas, répond Alexandre. Par contre, j'ai trouvé ceci sous ton pupitre.

Alexandre plonge la main dans sa poche et en sort une bande de papier déchiré. Sur la défensive, Gustave s'approche pour observer de plus près la feuille que lui tend le garçon :

— C'est un morceau de ma composition !

Gustave s'agenouille sous son bureau à la recherche de nouvelles preuves. Après quelques minutes, il découvre sous un calorifère une autre bande déchiquetée, identique à la première.

— Ces bouts de papier sont taillés d'une façon étrange, remarque Gustave, intrigué.

— Oui, comme s'ils avaient été découpés finement, termine Alexandre.

Le voleur sème de mystérieux indices sur son passage.

Pour les deux détectives en herbe, l'énigme reste entière : qui a dérobé le texte de Gustave et pourquoi les morceaux de papier sont-ils abîmés de la sorte ?

Alors que les deux garçons réfléchissent, un bruit discret attire leur regard du côté des fenêtres. Machinalement, ils se retournent mais ne remarquent rien d'anormal.

Après quelques secondes, Alexandre tape sur l'épaule de Gustave :

— Regarde, là, sur le dossier de ta chaise !

Un crayon entre les pattes, un écureuil noir les observe.

— Qu'est-ce qu'il fabrique à ma place, celui-là? s'étonne Gustave.

Surpris par l'intérêt que lui portent les garçons, le rongeur bondit jusqu'à la fenêtre et s'enfuit. Gustave et Alexandre se précipitent à ses trousses :

— Je l'ai vu monter dans le gros chêne, là-bas! hurle Alexandre en tirant Gustave par le bras.

Les deux élèves dévalent les escaliers puis traversent la cour de l'école jusqu'à l'arbre.

— Fais-moi la courte échelle, je vais m'agripper à cette branche, ordonne Gustave.

Alexandre joint les mains et empoigne le pied de Gustave pour le soulever le plus haut possible. Le garçon grimpe sans hésitation.

— Vois-tu quelque chose ? crie Alexandre d'en bas.

Gustave cherche à travers les branchages. Au bout d'un moment, il aperçoit un trou dans le tronc. Avec prudence, il s'y penche et découvre une caverne d'Ali Baba : au milieu de gommes à effacer, de crayons, de lunettes et de bagues de plastique, il trouve sa montre et plusieurs boulettes de papier chiffonné. Il s'empare de l'une d'elles et la déplie. Triomphant, il s'exclame :

— Hourra ! C'est une page de mon texte ! Le voleur est démasqué !

Alexandre, qui cherche à éclaircir le dernier mystère de l'histoire, se frotte le menton :

— Je me demande comment ta rédaction a pu intéresser un écureuil… Sans vouloir sous-estimer ton talent d'écrivain, Gustave, je te rappelle que les animaux ne savent pas lire !

Gustave acquiesce en se grattant la tête. Soudain, une petite tache sur une feuille de son texte attire son attention. Le gâteau aux noisettes de son père ! Il y en avait partout sur ses pages. L'écureuil a dû flairer cette odeur en entrant dans la classe pendant la partie de baseball. Voilà sans doute ce qui explique ce vol hors du commun !

En tirant son nouvel ami, Gustave fonce vers la salle des professeurs :

— Viens, Alexandre ! Allons montrer ça à Andréanne !

Le vent
tourne

Sur la passerelle de son astronef, M. Thonk se frotte les tentacules. La victoire est à portée de main ! Dos à son équipage, il n'a pas remarqué que l'un des aides de camp désire s'entretenir avec lui. Au bout d'une minute, il se retourne, agacé par sa présence :

— Qu'y a-t-il ? Je ne veux pas qu'on me dérange !

— Monsieur, des vaisseaux de l'amirauté se déploient autour de nous. Nous ne pouvons plus avancer. Que proposez-vous ?

Surpris, Thonk se penche vers son moniteur personnel. Devant ses yeux, une flotte impressionnante barre la route.

Soudain, un bruit sourd résonne dans le vaisseau. À bord, c'est la panique.

— L'amirauté nous a tendu un piège ! Elle a pris le contrôle de notre appareil à distance !

L'écran de M. Thonk s'allume : le capitaine Planète dévisage son adversaire, entouré de l'amiral Delacroix et d'autres officiers.

— Vous êtes cernés, Thonk ! Rendez-vous. Votre complot a échoué.

— Capitaine Planète !

— Vous me croyiez prisonnier de votre filet magnétique, n'est-ce pas ? Vous sous-estimez l'amiral Delacroix, Thonk. C'est un fin stratège.

L'amiral prend la parole :

— Lorsque j'ai reçu le rapport de votre clone au retour de sa mission, il s'est adressé à moi en utilisant mon titre au lieu de mon prénom. Pourtant, je l'ai appelé Auguste à deux reprises. Ça m'a mis la puce à l'oreille.

Sonné, Thonk encaisse le choc. Le capitaine enchaîne :

— Grâce à vous, nous jetterons en prison de nombreux bandits qui échappaient à nos griffes depuis longtemps. Un beau coup, en vérité.

L'amiral remonte ses lunettes avec la main et ajoute :

— L'un des plus spectaculaires de ma carrière. Quant au faux capitaine Planète, il a suivi mes directives et s'est rapporté à ses supérieurs. Ils l'ont arrêté dès son arrivée sur Terre. Vous le rejoindrez très bientôt dans un pénitencier à sécurité maximale.

M. Thonk enrage. Une fois de plus, le capitaine Planète et ses amis ont déjoué ses plans maléfiques.

— Vous ne m'aurez pas aussi facilement, Planète ! Je n'ai pas encore dit mon dernier mot !

Devant les yeux de ses adversaires, l'extraterrestre se concentre et disparaît en laissant dans son sillage une pluie d'étoiles scintillantes.

Mais l'amiral Delacroix ne semble pas décontenancé. Impassible, il lance un bref regard à l'un de ses conseillers. Celui-ci appuie sur les boutons d'un appareil dissimulé dans sa poche :

— Nous le tenons, monsieur.

— Ramenez-le ici, lance Delacroix avec calme.

Les particules de l'extraterrestre se rematérialisent presque aussitôt derrière les barreaux d'une cellule. Ses yeux immenses trahissent sa surprise lorsqu'il constate qu'il a vraiment été capturé.

C'est la fin.

— Je reviendrai, Planète. Et nous réglerons nos comptes, tous les deux.

Peu impressionné par ces menaces, le capitaine clôt la discussion :

— Ce ne sera pas de sitôt, cher ami. Votre séjour en prison risque de s'éterniser.

Chapitre 6

Deux capitaines Planète

Gustave contemple son reflet dans le miroir de la salle de bain. Il a fière allure dans son habit de justicier intergalactique. Sa mère a accompli un boulot fantastique en récupérant un morceau de tissu argenté pour confectionner son costume.

— On jurerait le vrai capitaine Planète, murmure-t-il, fier comme un paon.

Ses bottes et sa ceinture, que son père a enduites de peinture métallique, donnent à l'ensemble une touche de réalisme saisissant. Mais le clou de l'habit est sans contredit le sigle CP, pour « capitaine Planète », brodé à la hauteur de la poitrine. En se gonflant le torse pour avoir l'air plus musclé, Gustave voit les reflets du fil doré étinceler dans la glace. Il ne lui reste plus qu'à mettre son casque de vélo recouvert de feuilles d'aluminium.

Après avoir retrouvé sa copie dans le nid de l'écureuil, Gustave l'a montrée à Andréanne pour prouver qu'il avait respecté les délais du concours. Celle-ci, étonnée devant l'histoire rocambolesque du vol, a souri :

— Je reconnais que tu t'es plié aux règlements du concours, Gustave. Tu n'es plus disqualifié. Et puis un écureuil qui vole du matériel scolaire, ce n'est pas banal. Toutefois, je désapprouve le fait que tu te sois battu avec Alexandre. C'est un comportement inacceptable.

Andréanne a fixé le garçon et l'a pris par les épaules :

— Isaac Asimov, un grand auteur de science-fiction, a écrit : « La violence est le dernier recours de l'incompétence. » Cela signifie qu'en aucun cas il ne faut recourir à la bagarre pour résoudre ses problèmes. Je veux que tu t'en souviennes.

Gustave a promis de ne pas l'oublier.

Le garçon dévale l'escalier pour téléphoner à Béatrice du salon.

— Béa ! Je suis prêt ! Est-ce que je peux passer chez toi ?

— Oui ! Moi aussi, j'ai presque terminé. Je serai la plus belle Zara que tu aies jamais vue !

Gustave n'en doute pas une seconde. Même sans costume, Béatrice est la plus jolie fille du monde. Ça, par contre, il ne le lui a pas encore avoué.

Gustave ouvre la porte de la maison et crie :

— MAMAN ! Je pars chez Béatrice !

Avant que sa mère puisse répondre, il court sur la pelouse en direction de chez sa voisine. Le costume du capitaine Planète décuple ses forces. Ainsi vêtu, il file à une vitesse fulgurante. Ses sens aiguisés détectent les moindres détails autour de lui. Aucun obstacle ne peut se dresser sur son chemin. Quelle sensation de puissance !

— Je ne dois pas me laisser emporter par les émotions. Un minuscule débordement pourrait avoir de graves conséquences.

Il faut savoir contrôler cette énergie surhumaine.

Au moment où il s'apprête à enjamber la haie qui délimite son terrain, Gustave voit briller une lueur devant la maison de son amie : un scintillement de la grosseur d'un arbuste.

Un extraterrestre serait-il descendu du ciel ?

Gustave reconnaît alors Alexandre, également costumé en capitaine Planète. Il attend Béatrice sur le perron. Ses gants en aluminium et ses lunettes brillent de mille feux sous les rayons déclinants du soleil.

Il faut admettre que son uniforme, quoique différent du sien, est très réussi. Un vieux séchoir à cheveux recyclé en pistolet et fixé à la ceinture rend Gustave jaloux un instant.

— Chouette déguisement, convient Gustave en serrant la main de son double.

— Merci, vieux.

— Est-ce que Béatrice est prête ?

La porte s'ouvre sans qu'Alexandre ait le temps de prononcer un seul mot.

Les deux amis se retournent pour voir la jeune fille apparaître.

— Et puis, les sosies, ne suis-je pas ravissante ?

Gustave hoche la tête sans hésitation.

— Alors, les Martiens, venez-vous ?
On va rater le début du *Sosie du capitaine Planète* si vous continuez à discuter, lance le père de Béatrice au volant de sa voiture.

Les trois amis sautent sur la banquette et bouclent leur ceinture.

Les élèves se rencontrent devant le guichet du cinéma. Il y a déjà un M. Thonk, cinq ou six Ruthans, un Jim Brasdebrique et un amiral Delacroix qui les attendent. Les rires éclatent à gauche et à droite : deux capitaines Planète ! C'est de circonstance !

Après quelques discussions, le groupe, accompagné des parents, se dirige vers l'amphithéâtre.

Gustave choisit une place à côté de Béatrice, dans l'une des premières rangées.

Cinq minutes plus tard, les lampes s'éteignent et le film débute. Portée par la musique, la scène inaugurale présente des images du cosmos. À travers les astres, les spectateurs voient se rapprocher une fusée qui fonce à la vitesse de la lumière : c'est Sirius ! Captivée par la féerie du panorama, l'assistance retient son souffle.

En voix hors champ, les paroles du capitaine résonnent dans les haut-parleurs :

— *Celui qui détient de grands pouvoirs a aussi de grands devoirs.*

C'est la fameuse devise du plus célèbre justicier intergalactique de l'histoire ! Quelle entrée en matière !

Délaissant le film un instant, Gustave hésite, puis se penche vers Béatrice. À l'oreille de son amie, il murmure :

— Tu sais quoi, Béa ? Le capitaine Planète, au cinéma, il n'a pas la même voix que dans les livres !

Table des matières

Achevé d'imprimer
sur les presses de AGMV Marquis